U0105650

大头儿子心灵启蒙故事

迎新年
YING XINNIAN

系列

郑春华 著　画童卡通创作室 绘

接力出版社
Publishing House

目　　录

喜欢的东西

大耳朵见大头儿子来了，就赶紧打开玩具橱，把里面的玩具轰地往外拖，玩具一下子就在地板上堆成了一座"小山"。

"你有这么多的玩具啊！"大头儿子羡慕地说。

"都是我爸爸给我买的！"大耳朵有点得意。

大头儿子一眼看见了一辆宝石蓝的跑

chē jiù ná qi lai fàng zài shǒu li huān xǐ de kàn zhe
车，就拿起来放在手里欢喜地看着。

yí huì er dà tóu ér zi huí jiā le
一会儿，大头儿子回家了。

nà shì shén me wéi qún mā ma kàn jian dà tóu ér zi
"那是什么？"围裙妈妈看见大头儿子

de yì zhī xiǎo quán tou biàn chéng le dà quán tou
的一只小拳头变成了大拳头。

dà tóu ér zi niǔ niǔ nie nie de sōng kai dà quán tou
大头儿子扭扭捏捏地松开"大"拳头，

shuō yí liàng pǎo chē wǒ zhēn xǐ huan
说："一辆跑车，我真喜欢！"

wéi qún mā ma chī jīng de gāng
围裙妈妈吃惊地刚

yào shuō shén me què bèi
要说什么，却被

xiǎo tóu bà ba qiǎng zài
小头爸爸抢在

le qián mian ōu
了前面："噢，

zhè pǎo chē zhēn
这跑车真

piào liang
漂亮，

gěi wǒ kàn
给我看

kan
看。"

6

小头爸爸也喜欢？大头儿子放心了，就连忙把车递给爸爸："这是最新式样的，多棒！"

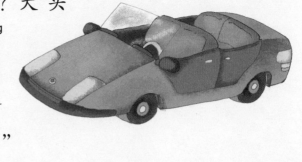

小头爸爸拿着车看了一会儿，看着看着又把它贴近耳朵，好像在听什么。

"哎呀，跑车生气了，它说这儿不是它的家，还说你不是它的小主人，它要回到自己的家里去……"

dà tóu ér zi lèng le yí xià　　　ràng wǒ tīng ting
大头儿子愣了一下："让我听听。"
xiǎo tóu bà ba shuō　　tā zài shēng nǐ de qì　zěn me yuàn
小头爸爸说："它在生你的气，怎么愿
yi duì nǐ shuō huà ne　　wǒ kàn nǐ hái shi bǎ chē gěi dà ěr duo sòng
意对你说话呢？我看你还是把车给大耳朵送
hui qu ba　dà ěr duo　　zhǎo bu dào pǎo chē huì fēi cháng zháo
回去吧！大耳朵　找不到跑车会非常着
jí de
急的。"

hǎo ba　　dà tóu　　　ér zi hěn bù qíng yuàn de ná zhe
"好吧。"大头　儿子很不情愿地拿着
chē zǒu chū mén qu
车走出门去。

yòu guò le
又过了
jǐ tiān　　dà ěr
几天，大耳
duo lái wán le
朵来玩了。
dà tóu ér zi tóng
大头儿子同
yàng bǎ zì jǐ de
样把自己的
wán jù tǒng tǒng ná
玩具统统拿
chu lai
出来。

10

"这只小熊真好玩，比我的手指头还要小！"大耳朵喜欢那只迷你小熊。

玩着玩着，到了吃饭的时间，大耳朵说："我得回家了！"

大头儿子开始收拾玩具："咦？迷你小熊不见了！"

"别着急，再慢慢找一找。"小头爸爸来帮大头儿子一起找。

就在这时有人敲

12

mén
门。打开门一看，是大耳朵，只见他手里拿
dǎ kāi mén yí kàn shì dà ěr duo zhǐ jiàn tā shǒu li ná

zhe mí nǐ xiǎo xióng
着迷你小熊。

xiǎo tóu bà ba lián máng yíng shang qu shuō ā mí nǐ xiǎo xióng
小头爸爸连忙迎上去说："啊！迷你小熊

yí dìng shì mí lù le xiè xie
一定是迷路了，谢谢

nǐ bǎ tā sòng hui lai
你把它送回来。

dà tóu ér zi jí
大头儿子急

de kuài yào kū le
得快要哭了！"

shì de
"是的，

wǒ bǎ tā sòng
我把它送

hui lai le zài
回来了。再

jiàn dà ěr
见！"大耳

duo fàng xia xiǎo
朵放下小

xióng jiù zǒu le
熊就走了。

dà tóu
大头

14

érzi fā le yí huì er dāi hū rán zhàn dào shā fā shang qù dǐng xiǎo
儿子发了一会儿呆，忽然站到沙发上去顶小
tóu bà ba de xiǎo tóu nǐ zhēn huài shàng huí nà liàng pǎo chē kěn
头爸爸的小头："你真坏！上回那辆跑车肯
dìng méi shuō huà shì nǐ biān chu lai piàn wǒ de
定没说话，是你编出来骗我的！"

迎新年

要过年了，小头爸爸和大头儿子买了四桶涂料和五把刷子，在人群中挤来挤去。

到家了，围裙妈妈正坐在沙发上忙着打电话。

"你好！我要订一套意大利家具。谢谢！"

"你好！请问有没有米老鼠儿童床上用品？好，请给订购一套……再见！"

等围裙妈妈打好电话，小头爸爸已经开

shǐ fěn shuā fáng jiān le
始 粉 刷 房 间 了。

wéi qún mā ma bú
围 裙 妈 妈 不

jiàn dà tóu ér zi jiù
见 大 头 儿 子， 就

wèn yí dà
问："咦，大

tóu ér zi ne
头 儿 子 呢？"

tā zhǎo lai zhǎo qu
她 找 来 找 去，

zhōng yú zài dà tóu
终 于 在 大 头

ér zi de xiǎo wū
儿 子 的 小 屋

li zhǎo dào le tā
里 找 到 了 他，

zhǐ jiàn dà tóu ér
只 见 大 头 儿

zi zhèng zài kū bí zi
子 正 在 哭 鼻 子。

dà tóu ér zi nǐ zěn me la shì bu shì bìng le wéi
"大 头 儿 子 你 怎 么 啦？ 是 不 是 病 了？"围

qún mā ma shēn shǒu qù mō dà tóu ér zi de dà nǎo mén
裙 妈 妈 伸 手 去 摸 大 头 儿 子 的 大 脑 门。

wǒ méi shēng bìng wǒ shì shēng qì dà tóu ér zi yòng lì
"我 没 生 病！ 我 是 生 气！"大 头 儿 子 用 力

推开妈妈的手，"你们布置房间开心，可我的房间还是老样子，还是去年的样子！"

围裙妈妈急忙拿来广告指给大头儿子："看，我已经给你订购了一套你最喜欢的米老鼠床上用品……"

大头儿子一下子站起来说："我从前喜欢，现在不喜欢了，我已经长大了！"

小头爸爸跑来了，他问："那你说，你喜欢什么？"

大头儿子指着天花板说："我要搭个阁楼！"

小头爸爸和围裙妈妈脸对脸望着。

还是小头爸爸先说："你不是有自己的房间了吗？"

围裙妈妈跟着说："你还要搭阁楼给谁住？"

大头儿子说："你们总是随随便便就走进我的房间，把我捡回来的宝贝都当垃圾扔掉，真没劲。要是我有阁楼，我就可以把它

men cáng qi lai le
们 藏 起 来 了 ！ ”

xiǎo tóu bà ba kàn zhe wéi qún mā ma xiǎng le yí xià shuō
小 头 爸 爸 看 着 围 裙 妈 妈 ， 想 了 一 下 说：

ràng wǒ men shāng liang yí xià ba tā men tuì chu le xiǎo fáng jiān
“ 让 我 们 商 量 一 下 吧 。 ”他 们 退 出 了 小 房 间 。

dà tóu ér zi zài fáng jiān li děng zhe
大 头 儿 子 在 房 间 里 等 着 。

yí huì er tā tīng jian
一 会 儿 ， 他 听 见

cóng wū wài chuán lai xiǎo tóu bà ba
从 屋 外 传 来 小 头 爸 爸

hé wéi qún mā ma hé zài yì qǐ
和 围 裙 妈 妈 合 在 一 起

de shēng yīn dà tóu
的 声 音 ：“ 大 头

ér zi wǒ men tóng
儿 子 ， 我 们 同

yì gěi nǐ dā
意 给 你 搭

gé lóu
阁 楼 ！ ”

dà tóu ér
大 头 儿

zi fēi bēn chu
子 飞 奔 出

qu
去 ……

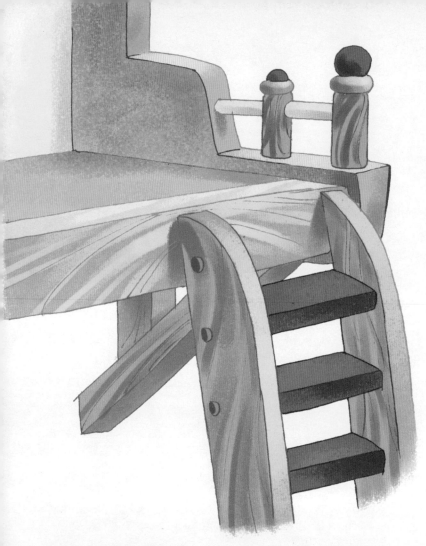

阁楼搭好
gé lóu dā hǎo

了，它斜对着
le tā xié duì zhe

大头儿子的小
dà tóu ér zi de xiǎo

床，大头儿子
chuáng dà tóu ér zi

等不及了，高
děng bu jí le gāo

兴得真想跳上
xìng de zhēn xiǎng tiào shang

去。小头爸爸
qu xiǎo tóu bà ba

就用力把大头
jiù yòng lì bǎ dà tóu

儿子举起来，
ér zi jǔ qi lai

像放东西一
xiàng fàng dōng xi yí

样把大头儿子塞到阁楼上。
yàng bǎ dà tóu ér zi sāi dào gé lóu shang

28

雨中生日会

中午，大头儿子一边脱衣服准备睡午觉，一边看着窗户外面："小头爸爸，要是晚上太阳公公也在天上就好了，他就可以看到我的生日会了！"

"晚上太阳公公累了，得回家休息。"

大头儿子衣服脱到一半忽然停住，着急地问："那晚上太阳公公回家了，天上会不会下雨啊？"

“不会的，不会的！要是真的下雨，我张开嘴巴把它们全部喝掉！”

大头儿子咯咯笑起来，一下子跳到爸爸背上，把爸爸压得趴在床上，两个人开心地滚在一起。

就在大头儿子呼呼睡着的时候，天上竟真的下起雨来。

哗哗的大雨声终于吵醒了大头儿子，他睁开眼睛，坐起来朝窗外一看，就哭起来了：

“小头爸爸快来呀！你说不会下雨的，可怎么下了呀？”

“别，别急，这是雷阵雨，马上就要停的……”

“你去喝！你去喝！你说过你会把雨全部喝掉的！”

“要是我把天上的雨都喝到肚子里，晚上怎么吃你的生日蛋糕呢？”

哗哗哗的雨声忽然听不见了。

小头爸爸得意地说：“你看，

雨不是停了吗？我们赶紧走。"

"可乌云还在呀！"大头儿子说。

就在他们走到半路时，乌云竟像礼花一样开放，变成哗哗的大雨又落了下来，他们连忙奔跑着躲进路边一个小亭子里。

小头爸爸说："别着急，我来拦辆出租车！"他伸出手臂拦车，

可行驶过去的出租车上都有乘客。

"这下完了！"围裙妈妈一边不停地看着手表一边说。

大雨在小亭子的四周密密麻麻地下着。

忽然，大头儿子伸出双臂搂住爸爸使劲亲，亲完了说："你说过爱就是力量。那爱也一定会让你想出好办法的！"说完又亲亲小头爸爸。

小头爸爸闭上眼睛享受着大头儿子的爱……忽然他睁开眼睛："我有好办法了，我们给'生日蛋糕屋'打个电话，请他们把蛋糕送到这儿来，我们就在这儿开生日会，怎么样？"

小头爸爸拿出手机打电话。雨还在哗哗哗下个不停。

一会儿，只见一辆橘红色的小面包车从

yǔ zhōng kāi lai le chē jiàn jiàn kāi jìn le zhù nǐ shēng rì kuài
雨中开来了。车渐渐开近了,《祝你生日快

lè de yīn yuè yě yóu yuǎn ér jìn jiàn jiàn gài zhù le huā huā de
乐》的音乐也由远而近,渐渐盖住了哗哗的

yǔ shēng
雨声。

dà tóu ér zi zài xiǎo tíng
大头儿子在小亭

zi li gāo xìng de tiào qi lai
子里高兴得跳起来:

hā yǔ zhōng shēng rì huì kāi
"哈!雨中生日会开

shǐ la
始啦!"

"合"家欢

wǔ yī láo dòng jié dà tóu ér zi yì jiā chéng huǒ chē lái dào
五一劳动节，大头儿子一家乘火车来到
yí gè āi zhe dà shān de hú biān
一个挨着大山的湖边。

xiǎo tóu bà ba wǎng hú li yí kàn shuō zhè hú li zhǐ yǒu
小头爸爸往湖里一看，说："这湖里只有
xiǎo kē dǒu méi you yú
小蝌蚪，没有鱼。"

dà tóu ér zi wǎng hú li yí kàn shuō zhè hú li hái yǒu
大头儿子往湖里一看，说："这湖里还有
xiǎo tóu bà ba diào xiǎo tóu bà ba lou dà tóu ér zi biān shuō
小头爸爸。钓小头爸爸喽！"大头儿子边说，
biān bǎ yú gān duì zhǔn hú li xiǎo tóu bà ba de dào yǐng
边把渔竿对准湖里小头爸爸的倒影。

diào le yí huì er xiǎo kē dǒu dà tóu ér zi zhàn qi lai dōng
钓了一会儿小蝌蚪，大头儿子站起来东

kàn kan　　xī kàn
看看，西看
kan　　tā zhēn xī
看，他真希
wàng néng zài kàn dào
望能再看到
yí gè xiǎo péng yǒu
一个小朋友。

tiān sè àn xia lai le
天色暗下来了。

xiǎo tóu bà ba shuō　　　jīn tiān wǎn shang　wǒ dài nǐ men qù yì jiā zuì
小头爸爸说："今天晚上，我带你们去一家最

yǒu míng de cān tīng chī cù yú
有名的餐厅吃醋鱼。"

méi xiǎng dào cān tīng lǐ mian
没想到餐厅里面

zuò mǎn le kè rén　　wài mian hái pái
坐满了客人，外面还排

zhe cháng duì
着长队。

yǒu shéi yuàn yi pīn zhuō
"有谁愿意拼桌？

liù gè rén de　　xiàn zài hái shǎo sān
六个人的，现在还少三

wèi　　　　　hū rán dài wèi xiǎo jiě
位……"忽然带位小姐

zài qián mian dà shēng wèn
在前面大声问。

46

排着队的客人们似乎都不愿意拼桌。"我们去吧，我肚子已经饿得咕咕叫了！"大头儿子对小头爸爸说。

他们跟着带位小姐往餐厅中间走去，一直走到一个大圆桌边，那儿已经坐着一个爸爸、一个妈妈和一个女孩，女孩跟大头儿子差不多大。

大头儿子和女孩对望一眼，好像又高兴又难为情。

48

大部分的菜都上来了，桌子上堆得满满的。小头爸爸弯下腰对大头儿子小声说："你的筷子可别夹到别人碗里去！"

可大头儿子吃着吃着，筷子就伸进了对方盘子里。"这是他们的醋鱼！"小头爸爸大叫，声音惊动了周围的客人，大家都回过头来看。

大头儿子起
先有点难为情，
可一会儿他忽
然说："我有个
好主意，我们合
在一起吃，就不
会吃错了！"

"我同意！我同意！"
女孩立刻跟着说。
大头儿子和女孩都
很快把筷子伸进对方的盘子里。
四个大人只好互相招呼着跟孩子们一起
混合吃起来。

"明天我们一起去爬山好吗？还可以比

赛呢！”大头儿子提议。

“太好了！太好了！”女孩高兴地回答。

大人们一听也连连点头：“好！我们明天一起去爬山。”

第二天一大早，两个家庭都来到大山底下。

他们一会儿分成"爸爸队"和"妈妈队"，一会儿分成"小孩队"和"大人队"，一会儿分成"男队"和"女队"……真是玩得开心极了！

橘子灯

qiū tiān de shí hou　　lù biān de jú zi duī chéng le　shān
秋天的时候，路边的橘子堆成了"山"。

mài jú zi de lǎo yé ye cháo xíng rén yāo he zhe　　　mài jú
卖橘子的老爷爷朝行人吆喝着："卖橘

zi lou　　mài jú zi lou　　kuài lái mǎi yòu tián yòu hǎo chī de jú zi lou
子喽！卖橘子喽！快来买又甜又好吃的橘子喽！"

zhè shí　dà tóu ér zi gēn zhe xiǎo tóu bà ba zǒu guo lai　le
这时，大头儿子跟着小头爸爸走过来了。

lǎo　yé　ye děng xiǎo tóu bà ba zǒu guo qu yǐ hòu　　tiāo chu yí
老爷爷等小头爸爸走过去以后，挑出一

gè tè bié dà de jú zi　　lā zhù dà tóu ér zi de shǒu shuō　　xiǎo
个特别大的橘子，拉住大头儿子的手说："小

péng yǒu　　jiào nǐ bà ba gěi nǐ mǎi xiē jú zi huí jiā ba　　qiáo zhè
朋友，叫你爸爸给你买些橘子回家吧，瞧这

jú zi duō dà　　gēn xiǎo dēng long shì de
橘子多大，跟小灯笼似的！"

鲜
橘子
2.00元/公斤

大头儿子
dà tóu ér zi

接过来看着，
jiē guo lai kàn zhe

觉得真的很像
jué de zhēn de hěn xiàng

小灯笼。
xiǎo dēng long

"小头爸
xiǎo tóu bà

爸！我要吃橘
ba wǒ yào chī jú

子！"
zi

小头爸爸
xiǎo tóu bà ba

停住说："昨天
tíng zhù shuō zuó tiān

家里剩下的两
jiā li shèng xia de liǎng

个橘子，全是我吃掉的。怎么现在又要买橘
gè jú zi quán shì wǒ chī diào de zěn me xiàn zài yòu yào mǎi jú

子了？"
zi le

"可我现在又想吃橘子了！很想很想的！"
kě wǒ xiàn zài yòu xiǎng chī jú zi le hěn xiǎng hěn xiǎng de

"真是怪事！昨天不爱吃橘子，今天又爱
zhēn shì guài shì zuó tiān bú ài chī jú zi jīn tiān yòu ài

chī jú zi le
吃 橘 子 了！"
　　tā men zǒu dào lǎo yé ye gēn qián　　lǎo yé ye gāo xìng de jìng
他 们 走 到 老 爷 爷 跟 前，老 爷 爷 高 兴 得 净
tiāo dà de wǎng dài zi li zhuāng
挑 大 的 往 袋 子 里 装。
　　dà tóu ér zi tí zhe yí dà dài jú zi　　gēn zhe xiǎo tóu bà
大 头 儿 子 提 着 一 大 袋 橘 子，跟 着 小 头 爸
ba zǒu dào jiā mén kǒu　　xiǎo tóu bà ba zhèng yào kāi mén　　zhǐ tīng dà
爸 走 到 家 门 口，小 头 爸 爸 正 要 开 门，只 听 大

tóu ér zi shuō　　qí shí wǒ mǎi jú zi
头 儿 子 说："其 实 我 买 橘 子
shì xiǎng zuò　　zuò jú zi dēng
是 想 做，做 橘 子 灯。"
shén me shén me　　yòng jú zi zuò
"什 么 什 么？用 橘 子 做
jú zi dēng　　nǐ méi you gǎo cuò ba
橘 子 灯？你 没 有 搞 错 吧？"
tā men yì zǒu
他 们 一 走
jin jiā mén　　dà tóu
进 家 门，大 头
ér zi jiù jí máng ná
儿 子 就 急 忙 拿
lai yì zhī dà wǎn
来 一 只 大 碗、
yì bǎ xiǎo dāo　　rán
一 把 小 刀，然

hòu jiù yí gè rén zuò zài chá jī biān zuò jú zi dēng
后 就 一 个 人 坐 在 茶 几 边 做 橘 子 灯 。

yí huì er chá jī shang bèi tāo kōng de jú zi cháng cháng de pái
一 会 儿 ，茶 几 上 被 掏 空 的 橘 子 长 长 地 排

chéng yí liù er ér yì biān dà wǎn li jú zi ròu duī de mǎn mǎn de
成 一 溜 儿 ，而 一 边 大 碗 里 橘 子 肉 堆 得 满 满 的 。

xiǎo tóu bà ba pǎo chu lai yǎn jing zhí zhǎ nǐ nǐ zài gàn
小 头 爸 爸 跑 出 来 眼 睛 直 眨 ：“你 ，你 在 干

má zhè jú zi ròu xiǎng ràng wǒ lái chī ma
吗 ？这 橘 子 肉 想 让 我 来 吃 吗 ？”

dà tóu ér zi gù yì zhuāng chu tǎo hǎo de yàng zi xiǎo tóu
大 头 儿 子 故 意 装 出 讨 好 的 样 子 ：“小 头

bà ba duō chī jú zi ròu xiǎo tóu huì zhǎng chéng dà tóu de rán
爸 爸 ，多 吃 橘 子 肉 ，小 头 会 长 成 大 头 的 。”然

后他拿起一个掏空的橘子继续说，"请你帮我在橘子皮里点上蜡烛好吗？这橘子灯做出来一定很好看！"

小头爸爸找来蜡烛，放进每个掏空的橘子里，然后再挨个点燃。

橙色的橘子皮一下子亮起来，好像变成了透明的，一闪一闪，非常漂亮。

正好围裙妈妈回来了，她惊喜地蹲到茶
几旁："啊，这橘子灯真漂亮呀！我怎么从来
没有想到去做……"

这天晚上，大头儿子家没有开灯，而是
挂满了橘子灯：在卧室里，在客厅里，在厨房
里，在厕所里……

大头儿子打开门，让小头爸爸抱着在门

的上方也挂了一盏。
啊，远远望过去，大头儿子的家真好看，烛光跳跃着就像一座城堡。

《大头小头报》

dà tóu ér zi bào zhe yīng wǔ zuò zài shā fā shang gěi tā kàn
大头儿子抱着鹦鹉坐在沙发上，给它看

tā huà de dà tóu xiǎo tóu bào
他画的《大头小头报》。

dà tóu ér zi zhǐ zhe yì duǒ huā huā páng biān xiě zhe
大头儿子指着一朵花，花旁边写着"305"，

shuō zhè shì gào su dà jiā hào jiā de xiān rén zhǎng kāi huā le
说："这是告诉大家305号家的仙人掌开花了。"

dà tóu ér zi zhǐ zhe yí gè bāo là zhú bāo de wá
大头儿子指着一个包"蜡烛包"的娃

wa shuō zhè shì gào su dà jiā hào xīn chū shēng le yí gè
娃说："这是告诉大家102号新出生了一个

xiǎo máo tóu
小毛头……"

dà tóu ér zi shuō wán bǎ yì dá bào zhǐ fàng dào dà tóu
大头儿子说完，把一沓"报纸"放到大头

上，然后再让鹦鹉站在报纸上："大嘴巴，走，现在我们去卖报。哦，不对，我的报纸不要钱，是送给大家的。"

大头儿子走到别人的报摊旁边，看见很多人都在买报纸。

大头儿子就在别人的报摊旁边停下喊："送《大头小头报》喽！"

"不要钱！"

鹦鹉跟着喊了一句。

"什么什么？《大头小头报》？快给我看看！"

“还不要钱，这真
是太好了！”

……

大家围了过来。
鹦鹉用大嘴巴从
自己的脚底下，抽出
一张一张报纸来分送
给大家，很快大头儿
子头上厚厚的一沓报
纸就没有了。

这天大头儿子在画“报纸”的时候，小头
爸爸看见了说：“大头儿子，你这样画太辛苦
了，我可以让电脑帮助你！”说着，他拿起一
张《大头小头报》，将它扫描进入电脑，然后

咕吱咕吱……

èn yí xià dǎ yìn jī suí
摁一下打印机，随

zhe qīng wēi de gū zhī gū zhī
着轻微的咕吱咕吱

shēng yí xià zi chū lai hěn
声，一下子出来很

duō yìn shuā qīng xī zhěng qí
多印刷清晰、整齐

de dà tóu xiǎo tóu bào
的《大头小头报》。

dà tóu ér zi xiān shì
大头儿子先是

dāi dāi de kàn zhe rán hòu
呆呆地看着，然后

gāo xìng de tiào qi lai xiè xie xiǎo tóu bà ba
高兴得跳起来："谢谢小头爸爸！"

zhè tiān dà tóu ér zi hé yīng wǔ chū qu fēn sòng bào zhǐ huí
这天，大头儿子和鹦鹉出去分送报纸回

lai shí zhǐ jiàn dà tóu ér zi de tóu dǐng shang hái liú zhe yí fèn bào
来时，只见大头儿子的头顶上还留着一份"报

zhǐ zhè fèn shì liú gěi zhāng yé ye de tā bìng le wǒ gěi
纸"："这份是留给张爷爷的，他病了，我给

tā sòng qu dà tóu ér zi duì wéi qún mā ma shuō
他送去。"大头儿子对围裙妈妈说。

dà tóu ér zi lái dào zhāng yé ye jiā li zhǐ jiàn wū li yǐ
大头儿子来到张爷爷家里，只见屋里已

jīng yǒu hěn duō zuǒ lín yòu shè yǒu de pěng zhe shuǐ guǒ yǒu de ná
经有很多左邻右舍，有的捧着水果，有的拿

着鲜花。

"张爷爷，我们是从《大头小头报》上得知你病了的，现在来看望你！"大家把东西都放到张爷爷手上。

张爷爷激动得说不出话来："这，这……"然后他转身望着大头儿子，"这真要感谢大头儿子和小头爸爸，是他们父子俩办了这么好的报纸。"

78

会做玩具的爸爸

dà tóu ér zi zài wán jù diàn kàn shang le yí liàng yáo kòng sài
大头儿子在玩具店看上了一辆遥控赛

chē tā duì xiǎo tóu bà ba shuō xiǎo tóu bà ba wǒ yào mǎi
车。他对小头爸爸说："小头爸爸，我要买！"

xiǎo tóu bà ba kàn kan sài chē de jià gé shuō tài guì le
小头爸爸看看赛车的价格，说："太贵了！"

dà tóu ér zi shēng qì de shuō nǐ bù gěi wǒ mǎi wán jù
大头儿子生气地说："你不给我买玩具，

wǒ jiù bú yào nǐ zuò bà ba le
我就不要你做爸爸了！"

zhè shí hou tā men yǐ jīng zǒu dào jiā mén kǒu dà tóu ér zi
这时候他们已经走到家门口，大头儿子

hū rán tíng xia zhuǎn shēn cháo lìng yí dòng xiǎo wū zǒu qu xiǎo tóu bà
忽然停下，转身朝另一栋小屋走去。小头爸

ba jí máng wèn nǐ dào nǎ li qù
爸急忙问："你到哪里去？"

“我到大耳朵家里去。大耳朵的爸爸总是给大耳朵买很多玩具，所以，我也要去找他做我的爸爸！”

大头儿子摁响了大耳朵家的门铃，开门的正好是大耳朵的爸爸，他是一个大胖子。

“叔叔你好，我想找你做我的爸爸！”

"好的好的，大耳朵正好没有伙伴。你就来做我的儿子，做他的伙伴吧！"大胖子叔叔高兴得连连点头。

傍晚，大胖子叔叔下班回来了，手里提着两大盒玩具。

"大耳朵！大头儿子！我给你们把赛车买来了！"

大头儿子和大耳朵高兴得跑出来，一人分别拿了一个就玩起来。

dà pàng zi shū shu zé
大 胖 子 叔 叔 则

zuò zài yì biān kàn diàn shì
坐 在 一 边 看 电 视 。

tā men wán le
他 们 玩 了

yí huì er   dà tóu
一 会 儿 ， 大 头

ér zi jiù duì dà pàng
儿 子 就 对 大 胖

zi shū shu shuō   shū
子 叔 叔 说 ：" 叔

shu   nǐ gēn wǒ men
叔 ， 你 跟 我 们

yì qǐ wán ba
一 起 玩 吧 ！ "

dà pàng zi shū shu tóu yě bù huí de bǎi bai shǒu   nǐ men
大 胖 子 叔 叔 头 也 不 回 地 摆 摆 手 ：" 你 们

zì jǐ dào lǐ wū qù wán ba   wǒ yǒu shì
自 己 到 里 屋 去 玩 吧 ， 我 有 事 。"

yào shi xiǎo tóu bà ba zài jiā   kěn dìng huì hé wǒ yì qǐ
" 要 是 小 头 爸 爸 在 家 ， 肯 定 会 和 我 一 起

wán de   dà tóu ér zi qiāo qiāo shuō
玩 的 。" 大 头 儿 子 悄 悄 说 。

wǒ de bà ba zhǐ gěi wǒ mǎi wán jù   cóng lái bù hé wǒ
" 我 的 爸 爸 只 给 我 买 玩 具 ， 从 来 不 和 我

yì qǐ wán   dà ěr duo yě qiāo qiāo shuō
一 起 玩 。" 大 耳 朵 也 悄 悄 说 。

wǎn shang, dà
晚上，大
tóu ér zi hé dà
头儿子和大
ěr duo zhǐ néng shuì
耳朵只能睡
zài yì zhāng xiǎo chuáng
在一张小床
shang
上。

dà tóu ér
大头儿
zi zhàn zài chuáng biān
子站在床边
kàn kan xiǎo chuáng　kàn kan bèi zi　kàn kan zhěn tou　hū rán duì dà ěr
看看小床，看看被子，看看枕头，忽然对大耳
duo shuō　　zhè er bú shì wǒ de jiā　wǒ yào huí qu　wǒ yào huí
朵说："这儿不是我的家，我要回去！我要回
qu　　shuō wán　tā lì kè pǎo le chū qù
去！"说完，他立刻跑了出去……

qiáo　　dà tóu ér zi jiā de xiǎo wū li dēng hái liàng zhe　　hǎo
瞧，大头儿子家的小屋里灯还亮着，好
xiàng shì zài děng dà tóu ér zi huí jiā ne
像是在等大头儿子回家呢。

dà tóu ér zi xiàng zhe xiǎo wū fēi bēn guo qu
大头儿子向着小屋飞奔过去。
yí　　mén yě kāi zhe ne　　dà tóu ér zi gāng yào kuà jìn qu
咦？门也开着呢！大头儿子刚要跨进去，

hū rán yòu zhàn zhù bú dòng le
忽然又站住不动了。

zhǐ jiàn xiǎo tóu bà ba mǎn tóu dà hàn bèi duì zhe mén　zhèng gū
只见小头爸爸满头大汗背对着门，正咕

zhī gū zhī jù zhe mù tou　　zài tā shēn hòu de zhuō zi shang　fàng zhe
吱咕吱锯着木头。在他身后的桌子上，放着

yì pái gè zhǒng gè yàng de mù tou chē　　tā men zhǎn xīn zhǎn xīn de
一排各种各样的木头车，它们崭新崭新的，

hái sàn fā zhe mù tou de xiāng wèi
还散发着木头的香味。

dà tóu ér zi qiāo qiāo de cóng bèi hòu shēn shǒu qù
大头儿子悄悄地从背后伸手去

náo tā de yǎng yang　　xiǎo tóu bà ba dà jiào　　　yǎng
挠他的痒痒。小头爸爸大叫："痒

sǐ le yǎng sǐ le　　rán hòu tā yí
死了！痒死了！"然后他一

gè zhuǎn shēn bǎ dà tóu ér zi bào qi
个转身把大头儿子抱起

lai　　dà tóu ér zi　nǐ
来，"大头儿子，你

kě huí lai le
可回来了！"

90

 # 大头儿子心灵启蒙乐园

⊙商场里有个小朋友迷路了,大头儿子要怎样帮助她?

(提示:宝宝拥有的自我保护能力越强,遇事的应变能力就越好。请您在生活中注重培养宝宝自我保护的能力。)

◎他们遇到什么事情会有这样的表情，请你想想看！

（提示：先请宝宝想一想，自己受伤时脸上会出现什么表情，看到自己喜欢的东西时脸上又会出现什么表情，然后再根据图上的表情联想会遇到的事情。）

◎小螃蟹在沙滩上散步，小海螺在沙滩上休息。你能数一数它们共有多少只，再把数字写在小方框内吗？

🦀 ☐ 只　　🐚 ☐ 只　　🐚 ☐ 只

（提示：宝宝要仔细区分两种海螺的样子，千万不要数错了。）

◎大头儿子最喜欢画画了,瞧墙上有那么多的画,数都数不过来,仔细看看它们是本书中哪一页的画面。

(提示:先引导宝宝从画面猜出主要的故事内容,然后根据内容找出最终的画面。)

◎你能添画几笔,把下面的图形变成另一种物品吗?

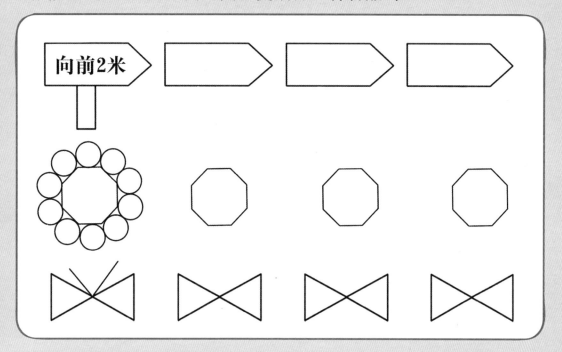

(提示:生活中的许多物品都有着各种各样的形状,请您让宝宝在平时生活中多观察。)

◎猜猜他们都是谁?

(提示:在读故事的同时,请宝宝仔细观察并记住每个人物的特征。)

图书在版编目（CIP）数据

迎新年 / 郑春华著. —南宁：接力出版社，2007.11

（大头儿子心灵启蒙故事系列）

ISBN 978-7-5448-0066-2

Ⅰ. 迎⋯ Ⅱ. 郑⋯ Ⅲ. 图画故事-中国-当代 Ⅳ. I287.7

中国版本图书馆 CIP 数据核字（2007）第 164747 号

责任编辑：吕瑶瑶　　美术编辑：郭树坤
封面设计：卢　强　　责任校对：刘会乔
责任监印：刘　签　　媒介主理：马　婕

出版人：黄　俭
出版发行：接力出版社
社址：广西南宁市园湖南路9号　　邮编：530022
电话：0771-5863339（发行部）5866644（总编室）
传真：0771-5863291（发行部）5850435（办公室）
网址：http://www.jielibeijing.com　　http://www.jielibook.com
E-mail：jielipub@public.nn.gx.cn

经销：新华书店

印制：北京国彩印刷有限公司
开本：889毫米×1194毫米　　1/24
印张：4　　字数：60千字
版次：2007年12月第1版　　印次：2007年12月第1次印刷
印数：00 001—12 000 册
定价：16.00元

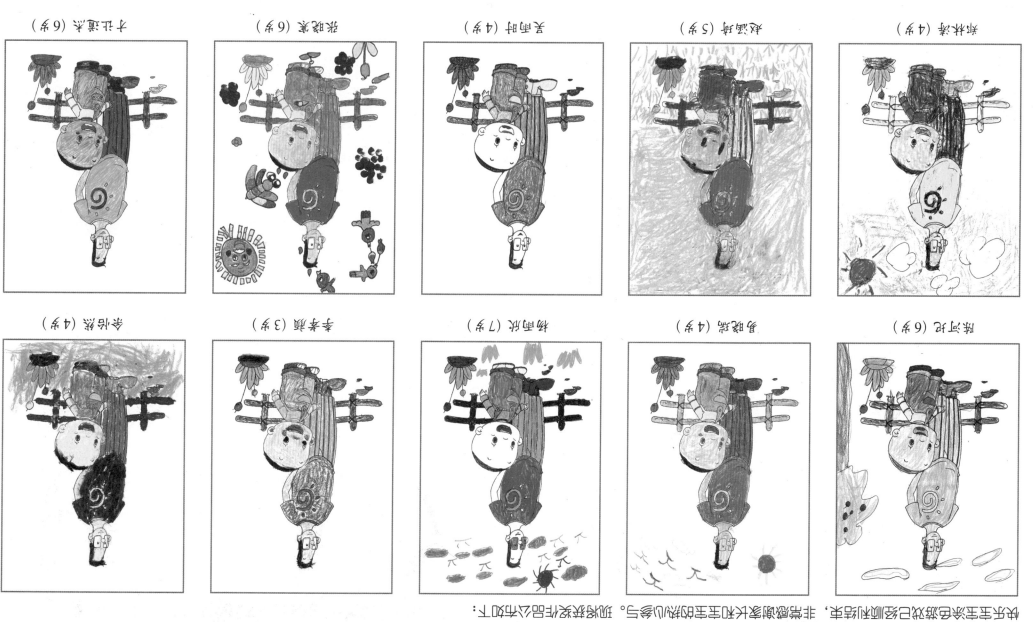

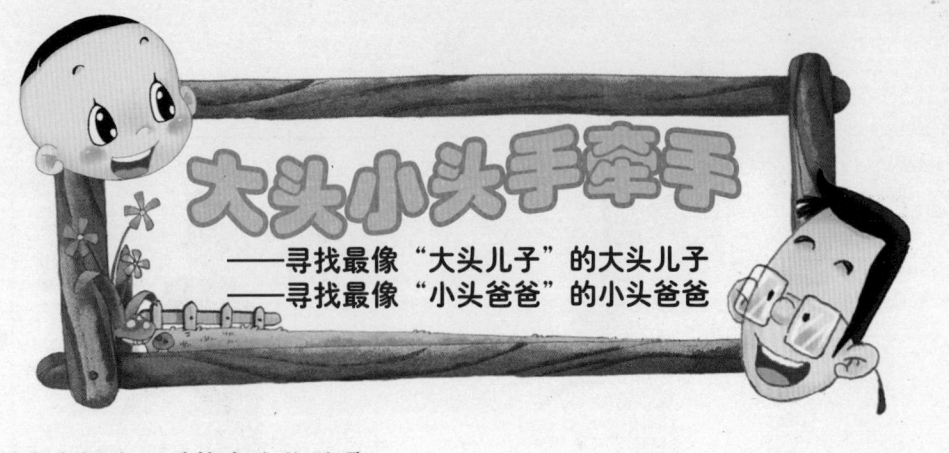

大头小头手牵手

——寻找最像"大头儿子"的大头儿子
——寻找最像"小头爸爸"的小头爸爸

您家有调皮可爱的大头儿子吗？

您家有聪明搞怪的小头爸爸吗？

可爱的大头儿子和搞怪的小头爸爸之间发生了哪些有趣的事情呢？请您来信告诉我们，并附上宝宝和爸爸的经典造型照片、经典语录和经典事件发生经过，我们会选取最像的三对父子赠送接力出版社低幼童书精品绘本一套，大奖等您来拿哦。我们的联系方式：(100027) 北京市东城区东中街58号美惠大厦三单元1203室 接力童书编辑部。感谢您的支持！

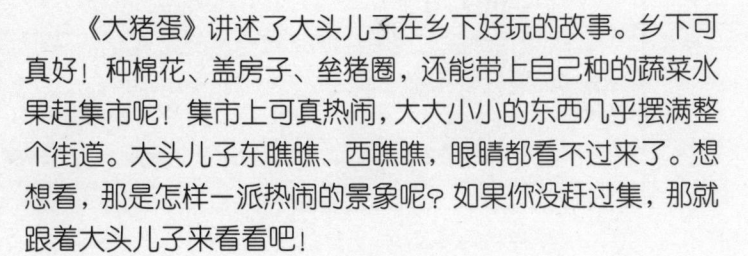